PATRICIA SCANLAN

RÚIN

Aistritheoir: Freda Mhic Oireachtaigh

Comhairleoir Teanga: Pól Ó Cainín

Rugadh Patricia Scanlan i mBaile Átha Cliath, áit a bhfuil sí ina cónaí fós. I measc a cuid leabhar áirítear *City Girl, City Lives, City Woman, Apartment 3B, Finishing Touches, Foreign Affairs, Mirror Mirror, Promises Promises, Francesca's Party, Two For Joy,* agus *Double Wedding.*

Eagarthóir Sraithe an Open Door is ea í, tionscnamh litearthachta gradaim a d'fhorbair sí le New Island. Tá rath air go criticiúil agus mar thionscnamh tráchtála go hidirnáisiúnta. Tá trí leabhar scríofa aici don tsraith agus í ag obair ar an gceathrú ceann.

Oibríonn sí freisin mar Chomhairleoir Eagarthórachta le Hodder Headline Ireland agus múineann sí Scríbhneoireacht Chruthaitheach do dhaltaí idirbhliana.

NE

GW00771075

Rúin

D'fhoilsigh New Island é den chéad uair in 2007
2 Bruach an tSrutháin
Bóthar Dhún Droma
Baile Átha Cliath 14
www.newisland.ie

Cóipcheart © 2007 Patricia Scanlan
Aistrithe ag Freda Mhic Oireachtaigh

Tá cóipcheart Julie Parsons mar údar an tsaothair seo dearbhaithe aici de réir Acht Coipcheart, Dearaí agus Paitinní, 1988.

Tá taifead chatalóg an CIP don leabhar seo ar fáil ó Leabharlann na Breataine.

ISBN 978-1-905494-62-0

Is le maoiniú ón gComhairle um Oideachas Gaeltachta agus Gaelscolaíochta a cuireadh leagain Ghaeilge de leabhair Open Door ar fáil

An Chomhairle um Oideachas
Gaeltachta & Gaelscolaíochta

Tugann an Chomhairle Ealíon (Baile Átha Cliath, Éire) cúnamh airgeadais do New Island.

Arna chlóchur ag New Island
Arna chlóbhualadh ag ColourBooks
Dearadh clúdaigh le Artmark

A Léitheoir dhil,

Ábhar mórtais dom mar Eagarthóir Sraithe agus mar dhuine d'údair Open Door, réamhrá a scríobh d'Eagráin Ghaeilge na sraithe.

Cúis áthais í d'údair nuair a aistrítear a saothair go teanga eile, ach is onóir ar leith é nuair a aistrítear saothair go Gaeilge. Tá súil againn go mbainfidh lucht léitheoireachta nua an-taitneamh as na leabhair seo, saothair na n-údar is mó rachmas in Éirinn.

Tá súil againn freisin go mbeidh tairbhe le baint as leabhair Open Door dóibh siúd atá i mbun teagaisc ár dteanga dhúchais.

Pé cúis atá agat leis na leabhair seo a léamh, bain taitneamh astu.

Le gach beannacht,

Patricia Scanlan.

Patricia Scanlan

A hAon

"My heart is low, my heart is so low, as only a woman's heart can be...." a bhí á chanadh ag Cáit Ní Riain agus í ag glanadh a cuntair oibre déanta de mharmar liath bán. Bhí a fhios *gan dabht* ag an mbean a scríobh an t-amhrán sin an chaoi ar mhothaigh Cáit ag an nóiméad sin; trom, bréan den saol, gruama, agus an-bhuartha.

Nuair a bhí Cáit faoi bhrú, ghlan sí a cuntar oibre arís agus arís eile. Ghlan sí an bosca aráin agus na prócaí tae,

1

caife, agus siúcra go dtí go raibh siad
fíorghlan. Chuir sí snas ar na tíleanna
le hais an chócaireáin agus an doirtil go
dtí go raibh siad ag soilsiú. Inniu, bhí sí
ag déanamh an-obair ar na cuntair
oibre chomh maith le doirse an
chuisneora agus barr an chóicearáin.

Thug Cáit aghaidh ar an gcistin i
gcónaí nuair a bhí sí faoi bhrú.
D'ionsaíodh a deirfiúr an seomra
folctha nuair a bhíodh sí faoi strus. "Is
éard a dhéanadh Áine, dlúthchara
Cháit, ná an féar a ghearradh," a
smaoinigh sí go dubhach. Steanc sí
níos mó Mister Muscle ar bharr an
chócaireáin. Ní mór ná go raibh Cáit
faoi strus dáiríre. Bhí a fear céile, Liam,
gan phost le hocht mí dhéag anuas. Ní
raibh an chuma ar an scéal go raibh
aon jab ag teacht suas.

Ní raibh ach seachtain amháin ann
go dtí an Nollaig.

Bhí a triúr leanaí i scamall a naoi, ag súil le teacht Dhaidí na Nollag.

Bhí siopadóireacht na Nollag le déanamh. Bhí sí féin agus Liam tar éis a bheith ag argóint fúithi. Agus mar bharr ar an donas bhí sí tar éis glao a fháil ó chara nach bhfaca sí le trí bliana á rá go mbeadh sí ag teacht abhaile don Nollaig. Theastaigh uaithi teacht ar cuairt an lá tar éis Lá Fhéile Stiofáin.

Lig Cáit osna fada. De ghnáth ba mhaith léi cuairteoirí. Bheadh áthas uirthi Carmel a fheiceáil, a cara ó bhí siad ar scoil. Ach na laethanta seo níor theastaigh uaithi aon duine a fheiceáil. Níor theastaigh uaithi ach an doras a dhúnadh agus fanacht ina seomra féin. Le tamall anuas ní raibh an dóchas ann a thuilleadh go bhfaigheadh Liam jab eile. De réir mar a bhí an t-airgead ag éirí gann bhí siad ag briseadh isteach ar an méid a bhí i dtaisce acu de réir a chéile. Ba mhian le Cáit go slogfadh an talamh í.

Níor theastaigh uaithi Carmel Nic Lannchlaidh a theacht go dtí a teach nuair nach raibh aon ola nó téamh lárnach aici. Níor theastaigh ó Cháit fios a bheith ag a cara go raibh uirthi a carr a dhíol de bhrí go raibh an t-airgead ag teastáil uathu. Bhí Golf Liam sa gharáiste de bhrí nach raibh an t-airgead acu cáin agus árachas a íoc air.

Bheadh ar Carmel déanamh le turcaí agus liamhás a bheadh fágtha mar ní bheadh aon rud eile le fáil aici. Ní raibh an t-airgead ag Cáit chun bradán deataithe agus trátaí triomaithe gréine agus a leithéidí a cheannach. Bhí sé níos mó ná ocht mí dhéag ó shin ó bhí sí in ann earraí mar sin a cheannach.

Chuimil Cáit ar phíosa salachair a bhí do-ghlanta, é sáite idir imeall an

4

draenóra agus an cuntar oibre. Agus a rá nach raibh siad in ann dul chun an deli a thuilleadh. Cé a chreidfeadh é? Cé a chreidfeadh go raibh an saol sona sásta a bhí acu imithe le sruth anois?

Mhothaigh sí tinn fós nuair a chuimhnigh sí go raibh an comhlacht ilnáisiúnach ina raibh Liam ag obair chun a cheanncheathrú Éireannach a dhúnadh. Bhí cúig chéad jab imithe. Bhí aghaidh liath ar a fear agus é ar crith.

"Táim críochnaithe, a Cháit. Ní bhfaighidh mé jab eile ag an tráth seo de mo shaol." Bhí a fear céile ina shuí agus a cheann síos idir a dhá lámh. Rinne Cáit iarracht an méid a bhí ráite aige a thabhairt isteach.

"Ná bí buartha, a Liam! Níl tú ach aon bhliain is daichead d'aois. Tá sin óg. Beidh comhlachtaí i gcónaí ag cuardach bainisteoirí acmhainní daonna. Bainisteoirí acmhainní daonna le taithí." Rinne sí iarracht an méid sin a rá gan chrith ina glór. Bheadh Liam ag brath uirthi agus bheadh sé tábhachtach dó go mbeadh sí láidir. Níorbh é seo an t-am le bheith trína chéile.

"A Cháit, níl pioc eolais agat faoin tslí a bhfuil cúrsaí amuigh ansin. Mise á rá leat go bhfuil sé an-iomaíoch. Is féidir leo gasúir leath m'aoise a fháil le céimeanna níos fearr, atá sásta oibriú ar thuarastail níos lú ná mar atá agamsa de bhrí go ndéanfaidís aon rud chun jab a fháil." Bhí deora i súile Liam. Bhí uafás ar Cháit a fear céile a fheiceáil mar sin toisc go raibh sé gealgháireach réchúiseach de ghnáth. Chaith sí a lámha timpeall air agus rug barróg mhór dó.

"Ná bí buartha, a Liam, beimid ceart go leor. Gheobhaidh tú post. Gheobhaidh tú cinnte. Is tusa an duine is fearr. Gheobhaidh tú post gan mhoill," a dúirt sí go plámásach agus í ag creidiúint gach rud a dúirt sí. Bhí Liam fíormhaith ag an bpost a bhí aige, an duine ab fhearr. Gheobhadh sé post eile—agus go luath.

Seachtain i ndiaidh seachtaine, mí i ndiaidh míosa bhí na rudaí céanna le rá aici arís agus arís eile. Rinne sí an-iarracht a misneach a choinneáil suas. Níor bhain dífhostaíocht le daoine cosúil léi féin agus le Liam. Bhí bungaló leathscoite deas acu in eastát álainn crainn-líneáilte i mBré. Bhí siad in ann coicís a chaitheamh faoin ngrian gach bliain. Bhíodh ceol agus ceachtanna snámha ann do na leanaí. Dul go McDonald's. Béilí amuigh dóibh le chéile. Bhíodh sé go léir ar fáil. Níor smaoinigh Cáit ach go mbeadh sé i gcónaí mar sin.

Nuair a smaoinigh sí ar an dífhostaíocht sular tháinig sí go leac a dorais féin, bhí íomhá aici de lucht na cathrach istigh nó lasmuigh den chathair agus iad beo bocht. Daoine a bhí nósanna maireachtála an-difriúla acu léi féin. Níor dhuine ardnósach í Cáit nó aon rud mar sin. Bhí an t-ádh uirthi agus bhí a fhios sin aici. Níor smaoinigh sí riamh go rachadh an dífhostaíocht i bhfeidhm ar a teaghlach.

Bhí gairm bheatha mhaith ag Liam, chomh maith le blianta taithí oibre. Ba phost tábhachtach é a bheith mar bhainisteoir acmhainní daonna ar fhoireann chúig chéad fostaithe. Ní raibh daoine mar sin ar an dól. Nó sin mar a cheap sí go dtí seo.

"Bíodh ciall agat, a Cháit!" a dúirt Sorcha a deirfiúr níos óige, cúpla mí tar éis do Liam a bheith dífhostaithe. Bhíodh Cáit ag gearán faoina gcás. Oifigeach Leasa Phobail ba ea Sorcha agus bhí a lán eolais aici faoin dífhostaíocht.

"Ná cuir an dallamullóg ort gur daoine iad go léir ó áiteanna ar a dtugtar ceantair imeallacha atá ar an dól. Tá go leor leor daoine cosúil le Liam, sa bhainistíocht láir amuigh ansin ag fulaingt taobh thiar dá ndorais dúnta. Téann siad go Naomh Uinseann de Pól ag lorg cabhrach lena n-aisíocaíochtaí morgáiste. Daoine a bhain taitneamh as caighdeán maireachtála cosúil libhse."

"Naomh Uinseann de Pól? Ach tá sin ann do dhaoine a mbíonn cabhair ag teastáil uathu," a dúirt Cáit, agus uafás uirthi.

"Bíonn cabhair ag teastáil ó na daoine sin," a dúirt Sorcha go cúramach. Tá siad ina gcónaí i dtithe áille gan aon teas ná guthán agus gan a dhóthain airgid chun an bille leictreachais agus an morgáiste a íoc. Bíonn eagla orthu go dtógfar athsheilbh ar a dtithe. Bíonn cabhair ag teastáil uathusan freisin."

"Ag tabhairt aghaidh bhrónach

Cháit faoi deara dúirt sí go cneasta, "Féach, nílim á rá go mbeidh ort dul go dtí Naomh Uinseann de Pól riamh. Ach is éard atá á rá agam ná tosú ag gearradh siar. Bain úsáid as cuid d'airgead dífhostaithe Liam chun píosa a bhaint de do mhorgáiste. Díol carr amháin. Nílim á rá nach bhfaighidh Liam post eile riamh. Tá súil again go bhfaighidh. Ach ná bí ag smaoineamh go rachaidh sé isteach chuig post eile gan aon agó. Ní mar sin a tharlaíonn sé a thuilleadh, mo léan."

Nuair a bhí an comhrá lena deirfiúr thart, bhí níos mó eagla ar Cháit ná mar a bhí riamh cheana ina saol. Don chéad uair riamh ó tharla an dífhostaíocht d'ardaigh sí a ceann agus thug féachaint fhada ghéar ar an gcruachás ina raibh siad. D'fhéadfadh go mbeadh briathra Shorcha dian ach bhí dúshlán iontu do Cháit. Bhí sé in am suí síos, féachaint ar chúrsaí agus aghaidh a thabhairt ar an bhfírinne. Bhí Liam as obair agus an chuma ar an scéal gur mar sin a bheadh. Bheadh orthu aghaidh a thabhairt ar an am a bheadh le teacht.

A Dó

An oíche sin agus na leanaí ina gcodladh shuigh Cáit síos le Liam. Chuir sí in iúl dó go raibh sé in am pleananna fadtéarmacha a dhéanamh.

Shuigh a fear céile agus bhí dronn air ag bord na cistine. Las sé toitín. D'fhéadfadh sí a mhéara a fheiceáil ar crith.

"Níl a fhios agam conas a bheimid in ann maireachtáil," a dúirt sé trína chuid fiacla.

Ba mhaith liom na bastúin is cúis leis seo a mharú, a smaoinigh Cáit go feargach nuair a chonaic sí mianta a chroí ag imeacht le gaoth. Thóg sé amach áireamhán as a phóca agus thosaigh siad ag obair ar na figiúirí a bhí os a gcomhair amach.

Dúirt Liam go mbeadh orthu an morgáiste a laghdú faoi dhá thrian. Bhí sé sin rí-thábhachtach. Ansin bheadh a fhios acu go mbeadh an teach slán sábháilte. Rachadh a chnapshuim chuige sin. Ansin dhíolfaidís carr Cháit. Leis an airgead a dhéanfaidís as sin leanfaidís ar aghaidh ag íoc an pholasaí árachais chomh fada agus a bheidís in ann. An ceann ba thábhachtaí díobh sin ná an polasaí a bhí acu le haghaidh oideachas na leanaí. Leanfaidís ar aghaidh ag íoc an VHI go ceann bliana eile. Mura mbeadh Liam in ann post a fháil faoin am sin bheadh deireadh leis an árachas sláinte.

Bhí an-lagmhisneach orthu ag dul a chodladh.

Thosaigh Cait ag tabhairt an áireamháin go dtí an t-ollmhargadh. Níor smaoinigh sí mórán go dtí sin ar chostas bia. Chuireadh sí a mbíodh ag teastáil uaithi sa chiseán. Ach bhí na laethanta sin imithe. Anois bhí sé ag druidim leis an dara bliain dífhostaíochta. Bhí sí ar an ngannchuid airgid. Aon sábháilteacht a d'fhéadfaí a dhéanamh bheadh fáilte roimpi.

"Buíochas le Dia go mbíonn ollmhargaidh mhóra neamhphearsanta ann," a smaoinigh sí lá amháin agus í ina seasamh ag an deasc seiceála lena ciseán lán le hearraí féinbhranda. Bheadh náire uirthi dá bhfeicfeadh na comharsana í. Nó dá mbeadh aithne ag an gcailín ag an deasc seiceála uirthi.

Ba chuma léi de ghnáth cad a cheap daoine fúithi. Ach na laethanta seo bhí sí níos leochailí. Arú inné a bhí sé nuair a tháinig a mac Maitiú isteach sa chistin. Bhí fearg agus mearbhall le tabhairt faoi deara ar a aghaidh dhearg agus gan é ach seacht mbliana d'aois.

"A Mhamaí, deir Séamas Ó Ceannt nach bhfuil aon phost ag Daidí agus go mbeimid bocht. Deir sé nach bhfuil airgead agaibh chun muid a thabhairt go EuroDisney. Nach bréaga iad sin? Dúirt mise leis a dhoirne a chur suas agus thug mé buille dó sa tsrón. Chuaigh sé abhaile ag caoineadh go géar," a lean Maitiú agus é ag baint taitnimh as.

"Ní raibh sé sin ródheas, a Mhaitiú," a dúirt Cáit ag súil go raibh srón Shéamais dearg go maith le fuil. An diabhal beag. Ó tháinig an teaghlach sin chun cónaithe sa teach béal dorais ní raibh aon rud ach troid ar siúl ag na páistí sa tsráid. Ní fhéadfá an milleán a chur ar Shéamas dáiríre. Is ar a athair uafásach Eoin a bhí an locht.

Ba é Eoin Ó Ceannt an fear ba bhródúla a raibh sé de mhí-ádh ar Cháit buaileadh leis riamh.

Bróicéir ba ea Eoin, a bhí ag déanamh airgead maith le déanaí. Bhí sé ar an mbealach suas agus ba mhaith leis a bheith ag caint faoi. Tháinig sé féin, a bhean Sinéad, agus an bheirt leanaí, Siobhán agus Séamas, chun cónaí sa teach béal dorais an Samhradh seo caite. Níor thaitin siad lena gcomharsana nua ar chor ar bith. Ar dtús chuir na teaghlaigh eile ar an tsráid fáilte rompu. Bhí siad cairdiúil dea-mhúinte. De réir a chéile, thosaigh Eoin ag cur as dóibh.

"Is bróicéir mise, cén tslí bheatha atá agatsa?" a chloisfí uaidh agus a chuirfeadh as dóibh. Is aige a bhí an mhias satailíte ba mhó, an beárbaiciú ba mhó, na plandaí ba chostasaí. Dá gceannódh aon duine de na comharsana aon rud nua ní raibh Eoin ábalta cur suas le bheith sáraithe. Gheobhadh sé an rud céanna ach bheadh sé níos fearr. B'aoibhinn leis a bheith ag maíomh as. Agus rinne sé deimhin de go raibh sé ag maíomh as le duine éigin a bheadh na comharsana eile in ann a chloisteáil chomh maith.

De ghnáth ní dhearna Cáit suas hintinn go tapa faoi dhaoine. Ach bhí a fhios aici tar éis bualadh le hEoin den chéad uair nach bhféadfadh sí cur suas leis.

Go déanach tráthnóna amháin, bhí sí ina suí os comhair an tí ag tógáil na gréine agus ag faire ar a hiníon trí bliana d'aois. Bhí Róisín ag súgradh sa ghairdín le cara. Bhí cóisir tae acu lena mbréagáin. Bhí siad ina suí ar an seanruga agus an-spraoi acu. Mhothaigh Cáit tuirseach leisciúil ón teas agus bhrúigh sí a cuid fadhbanna go léir as a ceann. Bhí sí sásta taitneamh a bhaint as grian an iarnóin.

Luigh sí siar ar a cathaoir gréine agus mhothaigh sí suaimhneas agus síocháin a bhí annamh di na laethanta seo. I bhfad uaithi bhí sí in ann a beirt leanaí eile Rachel agus Maitiú a chloisteáil ag súgradh lena gcairde béal dorais. D'eitil beach go mall thart ag crónán. D'oscail fuiseog a scornach agus chan óna croí amach. Bhí Liam imithe go Baile Átha Cliath ar an Dart chun cuairt a thabhairt ar na gníomhaireachtaí fostaíochta. Bheadh sé déanach nuair a bheadh sé sa bhaile. Ba léi féin an t-am luachmhar seo. Bhí cuma neirbhíseach ar Cháit agus í ag ligean a scíthe di féin. Bhí sí díreach chun titim ina codladh nuair a dhúisigh torann géar drónach í go tobann. Bhí Eoin amuigh lena lomaire faiche den chaighdeán is airde ach níor thug Cáit aon aird air. Ach mar sin féin bhí a tráthnóna álainn síochánta millte aige anois.

"Dia duit, ansin. Ag tógáil na gréine, an ea? Tá Sinéad amuigh ar chúl an tí ar an gcathaoir gréine luascach nua a cheannaíomar le déanaí. Ba cheart duit ceann a fháil. Tá siad go hiontach," a dúirt sé go gealgháireach agus é ag gluaiseacht go mear suas síos an faiche lena lomaire.

A Dhiabhail, a smaoinigh Cáit agus í ag ardú a láimhe chun beannú dó gan dada a ligean uirthi. Bhí a fhios go maith aige nach raibh Liam ag obair agus nach raibh airgead acu le caitheamh ar chathaoir gréine luascach. Bhí sí ag faire air trína súile leathoscailte. Cheapfá gurbh iad Gairdíní na Lusanna a bhí aige le gearradh lena lomaire faiche peitril. Ní raibh aige ach píosa beag féir a d'fhéadfadh an chuid eile a ghearradh le lomaire leictreach. Ach tháinig an-torann as!

"Tá Sinéad ag iarraidh dath gréine a fháil sula rachaimid go Málta an tseachtain seo chugainn. Teastaíonn uaithi a bheith in ann dul amach faoin ngrian ansin láithreach. Dúirt mé léi gur cheart di sprae gréine a cheannach. Níl an ghrian anseo láidir go leor," a d'fhógair Eoin agus sos gearr á thógáil aige.

"Mmm," a dúirt Cáit léi féin.

"Bullshitter," a smaoinigh sí go príobháideach. Dhún sí a súile arís, ag súil go nglacfadh sé leis an nod. Cúig nóiméad ina dhiaidh sin bhí sé ag súmáil timpeall ar a gairdín tosaigh toisc nach raibh fál idir na gairdíní.

"Tá sé chomh maith agam do cheannsa a dhéanamh chomh fada agus atá an meaisín amuigh agam," a dúirt sé go tapa ag teacht díreach in aice lena cathaoir gréine.

"Tá sé ceart go leor. Déanfaidh Liam é," a dúirt sí go mífhoighneach.

"Ní trioblóid ar bith é," a dúirt Eoin
"Seachas sin, sábhálfaidh sé beagán
ar do bhille leictreachais duit"

Dhearg leicne Cháit. A leithéid de
gháirsiúlacht! A leithéid! Cad é mar is
féidir leis bheith ag caint faoinár gcuid
leictreachais? Nílimid beo bocht. Bhí
Cáit ar buile. Bhí sé chomh dona leis
an lá a thug Sinéad cuireadh di dul
isteach le haghaidh cupán caife.·

Sinéad lena haghaidh thiubh le
smideadh agus ingne foirfe uirthi.
Rinne sí deimhin de a chur in iúl do
Cháit go raibh bean ag teacht isteach
dhá lá sa tseachtain chun glantóireacht
a dhéanamh. Phleanáil sí an cuireadh le
haghaidh caife le teacht isteach na mná
a rinne a cuid iarnála di.

Bhí Siobhán, iníon Shinéad, ar
chomhaois le Róisín. Agus an bheirt
bhan ag ól caife úr meillte stop Sinéad
agus dúirt go séimh, "an bhfuil aon rud

agam anois a d'fhéadfainn a thabhairt
duit d'Emma. Tá sí féin agus Róisín ar
chomhaois agus tá an méid sin éadaí ag
Róisín. Tá a lán rudaí agam nár chaith
sí riamh."

Baineadh geit as Cáit. Níor bhuail sí
leis an mbean ach dhá uair. Agus bhí sí
anois ag tairiscint éadaí di le haghaidh
Róisín. An amhlaidh a cheap sí go raibh
drochdhóigh ar a teaghlach de bhrí go
raibh Liam dífhostaithe?

Chuir Cáit ina luí ar a comharsa béil
dorais nua go raibh an-chuid éadaí ag
Róisín. D'ól sí siar an caife go tapa agus
amach an doras léi. Fiú, dá mbeadh ar
Róisín dul timpeall go gioblach ní
ghlacfadh sí go deo le carthanacht
gháirsiúil mar sin ón teaghlach sin a bhí
in airde sa saol.

"Má dhruideann tú do chathaoir
gréine agus ruga na gcailíní beidh mé
críochnaithe i gceann tamaillín," a
d'ordaigh Eoin.

"Go raibh maith agat, a Eoin, ach murar mhiste leat é a fhágáil críochnóidh Liam é. Táim ag ligean mo scíthe anseo," a dúirt Cáit go réidh. Bhí a dóthain aici den Eoin Ó Ceannt drochmhúinte seo do lá amháin.

"Bhuel, má tá tú cinnte," a dúirt Eoin, ionadh air nach raibh sí lán le buíochas dó.

"Táim cinnte. Go raibh maith agat," a dúirt Cáit go gonta.

"Ceart go leor. Bain taitneamh as an lá," a dúirt sé go docht ag imeacht agus a dhínit gortaithe. Dhá nóiméad ina dhiaidh sin bhí sé ag gearradh fhaiche na comharsan eile. Cosúil le diabhal madra ag marcáil a phíosa féin, a smaoinigh Cáit go duairc agus í ag luí siar i gcoinne na gcúisíní.

Ní raibh tú róchomharsanúil, a chuir sí ina leith féin go tostach agus í ag iarraidh dul ar ais go dtí an chaoi shuaimhneach ina raibh sí roimhe seo.

An raibh sí chomh colgach sin de bhrí go raibh a bród á ghortú? Dá mbeadh Liam ag obair agus dá mbeadh sí saor óna cuid buarthaí airgeadais go léir an láimhseálfadh sí Eoin agus Sinéad ar chaoi dhifriúil? An mbeadh sí chomh féinchosantach? An raibh sí ag ceapadh nach raibh sí chomh maith leis na comharsana a thuilleadh?

"Cinnte, ní raibh tú, níl aon dabht faoi sin, a Cháit," a dúirt Áine, a comharsa béal dorais eile, go docht nuair a chuaigh Cáit go náireach chuici leis an gceist sin. D'inis sí dá cara faoin eachtra a bhí aici le hEoin níos luaithe an tráthnóna sin.

"Bhí sé de dhánacht ann a bheith ag caint mar gheall ortsa ag sábháil leictreachais! Má thagann sé in aice le mo ghairdín le lomaire faiche tabharfaidh mé freagra maith dó. Cé hé féin, Tiarna an Eastáit an é? Tá an teaghlach sin chomh tiubh le dhá phlanc gearr adhmaid. Tá sé soiléir nach bhfuil taithí acu ar airgead. Ar chuala tú riamh an bhean Sinéad ag iarraidh blas galánta a chur uirthi féin? Mise a rá leat gurb iad an phéire is mórtasaí atá thart. Murar gur bheag an grá atá agam orthu bheadh trua agam dóibh. Níl béasa dá laghad acu! Éist le Daid iontach, an éistfeá?" D'fhéach sí i dtreo Eoin a bhí i lár na sráide le grúpa páistí. Bhí sé ag eagrú rásaí.

"Anois, a Shiobhán, seas ansin, beagán níos faide ar aghaidh ná Róisín, Maria, agus Laura. Agus tusa a Shéamais, fan beagán níos faide siar ag an deireadh. A Mhaitiú, a Rachel, agus a Phádraig fanaigí san áit a bhfuil sibh," a mhol sé. "Ar bhur marcanna…."

"An bhfaca tú riamh na seansanna ollmhóra a thugann sé dá phéire féin?" a dúirt Áine faoina cuid fiacla..

"Téanaimis, a leanaí. Faighigí an bua ar an mbeirt sin," a dúirt sí faoina cuid fiacla agus an rás ag tosú.

"Níl an locht orthu." arsa Cáit le searbhas ina glór agus í ag faire ar Shiobhán agus Shéamas ag déanamh an-iarracht an rás a bhuachan. "Is éard atá á rá agam, ná go mbíonn sé i gcónaí ag insint dóibh cé chomh hiontach agus atá siad. Cinnte creideann siad é gan dabht. Agus is breá lenár gcuid leanaí an giodam a bhain astu beagán."

"Tá a fhios agam. Agus mé ag féachaint orthu tagann na tréithe is measa agam chun tosaigh. An deireadh seachtaine seo caite tháinig Séamas óg go dtí an doras agus é gléasta go hiomlán ina éadaí rugbaí. D'iarr sé ar Sheán teacht amach chun cluiche rugbaí a imirt leis féin agus Daidí Mór. "Go raibh maith agat," arsa Seán, "Ach fear sacair is ea mé féin." "Níl sé tógtha ar chor ar bith lena gcuid raiméise. Ó, dá mbeinn ocht mbliana d'aois arís." Thosaigh Áine ag gáire nuair a bhéic Eoin ar a mhac agus a iníon á spreagadh chun an rás a bhuachan.

"Rás iontach, a Shéamaisín agus a Shiobháinín," a chuala siad á mhaíomh.

"Tá fonn cur amach orm anois díreach," a dúirt Áine sular imigh sí chun tae na leanaí a réiteach.

Níor mhothaigh Cáit ródhona nár thaitin Eoin agus a theaglach léi tar éis a comhrá le hÁine. Níorbh é an cruachás ina raibh sí ná éad ba chúis leis an easpa measa a bhí aici ar Eoin, Sinéad, agus a bpáistí.

Níor leigheas an t-am an chaoi ar mhothaigh sí faoina comharsana. Díreach anois míonna níos déanaí bhí sí le ceangal agus í ag stánadh anuas ar a mac seacht mbliana d'aois. An dánacht atá in Eoin Ó Ceannt labhairt faoi dhífhostaíocht Liam os comhair Shéamais agus Shiobhán.

"A Mhamaí, an féidir linn dul go EuroDisney am éigin? Bhí súile móra Mhaitiú ag stánadh anuas ina súile féin. Bhí siad leathan neamhurchóideach agus chomh gorm leis an spéir. "An bhfuil tú ag éisteacht liom, a Mhamaí." Tháinig Cáit chuici féin go tobann. "Cinnte, táim ag éisteacht leat, a pheata. Lá éigin, le cúnamh Dé rachaimid go EuroDisney. Caithfimid paidir a rá go bhfaighidh Daidí post roimh i bhfad. Ná bac lena bhfuil le rá ag Séamas Ó Ceannt. Nílimid bocht. Tá an t-ádh dearg linn go bhfuil an teach álainn seo againn agus clann an-speisialta."

Chuaigh Maitiú ag sodar ar aghaidh dó féin go sásta, "A Dhia Bheannaithe, lig do mo Dhaidí post a fháil go luath le do thoil ionas go mbeidh sé in ann muid a thabhairt go EuroDisney sula rachaidh Séamas uafásach Ó Ceannt ann."

Sin cúpla lá ó shin. Níor labhair Maitiú faoi arís. Ach nuair a bhí Cáit chun glanadh deireanach a thabhairt dá cuntar oibre bhuail smaoineamh í nach paidir dáiríre a bhí ag teastáil chun dul go EuroDisney... ach miorúilt.

A Trí

Lig Cáit osna agus bhí sí ag crith beagán agus í ag siúl isteach sa seomra suí. Bhí an teach fuar. Mhothaigh sí feargach agus lán le frustrachas nárbh fhéidir léi cnaipe a bhrú anois chun teas a fháil láithreach. Bhí iarracht déanta acu teas a shábháil agus bhí siad á chur ar siúl níos déanaí sa tráthnóna. Ach tháinig an Geimhreadh níos luaithe i mbliana agus ní raibh aon ola fágtha le seachtain anuas. Ón am sin bhí Cáit ag lasadh na tine. De bhrí go mbíodh siad ag gearradh siar ar an ngual ní bhíodh an cúlchoire riamh te a dhóthain agus mar sin ní bhíodh na téitheoirí riamh ach rud beag te. Leis an Nollaig agus na costaisí go léir a bhain léi ní bheadh siad in ann ola a cheannach go dtí beagnach lár na hAthbhliana. Fiú ansin an mbeadh?

Táim tinn tuirseach de, a smaoinigh Cáit go searbhasach agus í ag siúl go dtí an fhuinneog mhór. Stán sí amach ar an spéir ghorm a raibh an chosúlacht uirthi go raibh sneachta ar an mbealach.

Sneachta! Sin a raibh ag teastáil uathu chun an saol a dhéanamh níos measa. Bhí sí lándáiríre ag smaoineamh ar phost a lorg. Rúnaí dlí ba ea í nuair a phós sí Liam. B'fhéidir gur cheart di fanacht ag obair. Ansin ní bheadh cúrsaí chomh dona orthu anois. Ach dá bhfaigheadh sí post chuirfeadh sé isteach ar airgead dóil Liam. Mar sin bheadh sé an-tábhachtach go mbeadh an tuarastal an-mhaith.

"Cé a d'fhostódh iar-rúnaí dlí, le scileanna rúnaíochta atá ligthe le sruth, nach bhfuil eolasach i gcúrsaí ríomhaireachta fiú?" a smaoinigh Cáit go míshásta agus í ag díriú na bhfillteán ar a cuirtíní eangacha. Nigh siad iad inné agus bhí siad fíorbhán. Bhí dallóga rollóra ag na comharsana. Bhí cuirtíní eangacha seanfhaiseanta ar shlí. Thaitin na "cuirtíní cearta" le Cáit i gcónaí, sin an t-ainm a thug a seanmháthair orthu. B'fhuath léi go mbeadh daoine in ann féachaint isteach a cuid fuinneoga. Ba thearmainn a teach agus ní áit taispeána é do na comharsana gach uair a shiúil siad thart.

Le déanaí thosaigh Eoin ag cleachtadh a ghailf ar an ngairdín tosaigh, agus bhí sé i gcónaí ag iarraidh féachaint isteach an fhuinneog. Ní mór a rá go raibh Cáit thar a bheith sásta nuair nach raibh sé in ann féachaint isteach. Ba chosaint a cuirtíní óna shúile fiosracha. Bhí sé amuigh anois ag strimeáil imeall an fhaiche. Chuir sí aghaidh uirthi féin nuair a bhris an tsreang agus d'imigh sí trasna an fhéir. Bhí sé áiféiseach – ag strimeáil imeall ag an am seo den bhliain – agus chuir sé déistin ar Cháit. Bhí a fhios aici go raibh sí amaideach ach ba chuma léi. Chuir sé isteach go mór uirthi. D'éirigh sí chomh bréan sin de ag siúl os comhair a fuinneoige ar an bhfaiche tosaigh agus é ag imirt rugbaí le Séamas gur iarr sí comhairle ar a deartháir. Garraíodóir ba ea é. Chuir seisean fál deilgneach ag fás suas claí adhmaid íseal bán chun na gairdíní a dheighilt óna chéile agus chun an comharsa seo a choinneáil amach.

Bhí Séamas ag cur Maitiú bocht as a

mheabhair le caint faoin ríomhaire nua
a bheadh sé a fháil don Nollaig. "An
ríomhaire is fearr ar domhan" a
bheadh ann, le cluichí níos fearr ná aon
ríomhaire eile, dar le Séamas. Bhí fonn
ar gach máthair sa tsráid muineál
Shéamais a chasadh le sástacht nuair a
thosaigh a páiste féin ag éileamh an
"ríomhaire is fearr" freisin.

Bhí Liam agus Cáit ag argóint faoi
sin ar maidin. Cad a cheannóidís do na
leanaí don Nollaig? Bhí Liam chomh
tinn de bheith ag spáráil airgid agus a
bhí sí féin. Theastaigh uaidh cúpla céad
euro a fháil ar iasacht ón gCumann
Creidmheasa le caitheamh um Nollag
agus ba chuma sa diabhal faoi. Bhí Cáit
ag argóint go mbeadh ola ag teastáil
uathu. Bheadh orthu árachas an tí a íoc
roimh i bhfad. Bheadh bróga nua ag
teastáil ó na leanaí go léir. Shíl Cáit go
mbeadh sé fíorthábhachtach bróga
maithe a fháil do na leanaí. Bheadh

tríocha nó daichead euro ar phéire mhaith bróg do leanbh trí bliana d'aois. Dá n-íocfaidís tríocha nó daichead euro an duine don triúr acu ní bheadh mórán fágtha as céad is fiche nótaí.

"Níl sé ar acmhainn againn agus sin sin," a dúirt Cáit go daingean. Dhubhaigh aghaidh Liam le frustrachas.

"Ná hinis dom conas atá sé, in ainm Dé! Tá a fhios agam conas atá sé! Níl ag teastáil uaim ach Nollaig cheart a thabhairt do na leanaí. An bhfuil sé sin iomarcach?" a dúirt sé go crosta.

D'éirigh Cáit feargach. Ní raibh an locht uirthi nach raibh aon airgead acu. Ní raibh sí ach ag iarraidh fiacha a sheachaint.

"Éist, a dhuine uasail, is féidir leat do rogha den diabhal rud a dhéanamh. Ní raibh mé ach ag iarraidh cabhrú leat. An gceapann tú nach bhfuil ag teastáil uaimse Nollaig mhaith a thabhairt dóibh chomh maith? Táim ag iarraidh mo dhícheall a dhéanamh dúinn go léir agus níl sé éasca. Ná tóg ormsa é, a Liam Uí Riain. Níl an locht ormsa go bhfuil tusa dífhostaithe. Ní mise nach bhfuil in ann post a fháil." Bhí Cáit chomh feargach sin go raibh crith ina glór. Chuaigh na míonna thart agus í ag iarraidh an fhearg agus an frustrachas istigh inti a chur faoi chois agus anois bhí sí ar tí pléascadh.

"Tá a fhios agat conas mé a spreagadh chun a bheith ciontach," a dúirt Liam agus é ar buile. "Nár cheart duit duine éigin mar an Daid Iontach thall ansin a phósadh, seachas caillteoir cosúil liomsa." Leis sin, phioc sé suas a chóta agus bhrostaigh sé amach an doras. Phlab sé é ina dhiaidh.

Brúite briste shuigh Cáit síos ag bord na cistine. Chuir sí a ceann ina lámha agus thosaigh sí ag caoineadh go géar. Níor mhothaigh sí a leithéid de

fhéintrua riamh roimhe sin. Cad a bhí
déanta aici chun é sin a thuilleamh? Tar
éis fiche nóiméad ag eascaine agus ag
caoineadh go bog mhothaigh sí beagán
níos fearr. Rinne caoineadh maith an
chúis uaireanta. Chabhraigh sé chun
fáil réidh le gach rud a bhí ag cur as do
dhuine. Ar ámharaí an tsaoil bhí na
leanaí ag caitheamh na hoíche roimhe
sin i dteach a gcol ceathracha agus níor
chuala siad an argóint. Níor theastaigh
uaithi cur isteach orthusan chomh
maith.

Thug Cáit faoi deara go raibh sé
beagnach a trí a chlog anois agus nach
raibh tásc ná tuairisc ar Liam. Bhí sí ag
cur is ag cúiteamh ar cad a bhí ar siúl
ag Liam. Ní raibh an lá chomh geal
agus a bhí amuigh. Bhí na scamaill
chomh híseal sin go raibh an chuma
orthu go raibh siad ag déanamh
teagmhála le bairr na ndíonta. Bhí sioc

ann go fóill nach raibh leáite agus chuir
sin snas airgid ar na faichí.
Contrárthacht mhór ba ea í sin agus
dath lasrach oráiste sméara an chlaí.
Mar gheall ar na crainn nochta bhí
cuma gheimhriúil ar na gairdíní.
D'éirigh deatach ó na simléir go léir.
Neadaigh spideog i bhfoscadh faoi thor
síorghlas. Faoin tor, mhaolaigh carn
bláthanna na gcnaipí baitsiléara cuma
an lae fhuair dhorcha seo. An bláth ab
fhearr léi. De ghnáth bhain Cáit
taitneamh as an radharc geimhriúil
gleoite taobh amuigh dá fuinneog
mhór. Ach inniu bhí sé fuar sceirdiúil.
Chrith sí arís.

"Is cuma sa diabhal liom," a dúirt sí
trína cuid fiacla go crosta. Le misneach
ina cosa shiúil sí chomh fada leis an
tine agus las sí cipín solais. Bhain sí sult
as a bheith ag féachaint ar na lasracha
mar a chas siad sa tine agus bhain sí

sult as fuaim na tine sa simléar. Bhí na maidí ar lasadh agus bhí siad ag spréachadh agus bhí boladh deas úr péine astu sa seomra. Bhí breo na lasracha buí oráiste ag caitheamh a scáthanna ar na ballaí agus thug sin suaimhneas do Cháit.

Lig sí osna fada agus shuigh sí cosa crosáilte os comhair na tine. Tharraing sí dhá mhála lán le bronntanais in aice léi. Seo é an t-am ceart chun ord agus eagar a chur ar bhronntanais na Nollag. Bhí sí ag cur an ruda sin ar an méar fhada an lá ar fad. Bhí sé chomh maith aici é a dhéanamh anois nuair a bhí Liam agus na leanaí as baile. Dá mbeadh sí tapa eagraithe bheadh sí críochnaithe nuair a thiocfadh Liam abhaile. Ansin ní bheadh an náire bhreise ar a fear céile í a fheiceáil ag sórtáil bronntanas a fuair siad anuraidh chun iad a thabhairt dá ngaolta i mbliana. Dá mbeadh sí in ann fiú cuimhneamh ar cé a thug na bronntanais faoi leith. Bheadh sé go huafásach bronntanas a thabhairt do dhuine éigin a thug é dóibh sa chéad áit.

Bhí pus ar Cháit agus í ag caitheamh na mbronntanas amach ar an urlár. An t-aon uair eile ina saol a bhí uirthi bronntanais a athchúrsáil ná an chéad bhliain sin a d'aistrigh sí isteach in árasán lena beirt dlúthchara. Ní raibh pingin rua ag aon duine acu. Bhí sé greannmhar ansin. Ní mar sin a bhí sé inniu.

Chaith sí a súile ar an mbailiúchán timpeall uirthi. Mataí boird. Thiocfadh léi iad a thabhairt d'Aintín Ella. Ciseán gallúnach coirp agus seampúnna. Anois cé a thug iad sin di? Smaoinigh sí siar. Arbh í Sorcha í? Níorbh í. Ba í Rita a thug iad, deirfiúr a fear céile. Bhuel, bheadh an ciseán gallúnach coirp ag Sorcha. Thug Karen, a cara, scairf álainn bhán di agus thabharfadh sí sin do Rita. Thóg Cáit an scairf ina lámha ag baint taitnimh as an olla bhog á cuimilt trína méara. Bheadh sé go deas dá mbeadh sí féin in ann í a chaitheamh, a smaoinigh sí le haiféala. Ach ní raibh an dara rogha aici agus bheadh Rita an-sásta leis an scairf. Theastaigh uaithi bronntanas deas a thabhairt do dheirfiúr a fir chéile. Bhí Rita an-mhaith dóibh agus mar an gcéanna dá dteaghlaigh go léir.

Sin an fáth ar theastaigh ó Cháit bronntanais a thabhairt dóibh um Nollaig. Agus theastaigh uaithi a thaispeáint dóibh nach raibh siad ar an ngannchuid go hiomlán. I mbliana shocraigh sí go gcoimeádfadh sí liosta de na rudaí a gheobhaidís agus d'ainm an duine a thabharfadh iad. Sa chaoi sin dá mbeadh Liam dífhostaithe fós

an bhliain seo chugainn bheadh sé níos
éasca na bronntanais a mheaitseáil
suas. Dá bhfeicfeadh daoine í ag an
nóiméad seo cheapfaidís go raibh sí an-
sprionlaitheach. Ach ní fhéadfadh sí
aon rud eile a dhéanamh sa chás seo.
Chaith sí uair an chloig go síochánta
ina suí os comhair tine breá deirge ag
sórtáil na mbronntanas.

Bhí sí díreach tar éis seasamh suas
ag iarraidh fáil réidh leis an gcodladh
grifín ina cosa nuair a chonaic sí Liam
ag máirseáil síos an tsráid. Bhí sé ag
tarraingt an chrainn Nollag ba mhó
agus ba bhreátha dá bhfaca sí riamh.
Rinne sí meangadh gáire. Ba bhreá le
Liam an crann Nollag. Dá mhéad a bhí
sé ab fhearr.

D'oscail sí an doras go leathan agus
a fear céile ag streachailt suas an cosán
lena ualach mór. Agus é ag tarraingt a
anála go dian d'fhéach sé go géar uirthi.

"Tá brón orm, a ghrá. Ní raibh sé ar

intinn agam..." D'fhéach siad ar a chéile. "Is tusa an bhean chéile is fearr a d'fhéadfadh a bheith riamh ag aon fhear agus tá a fhios agam go bhfuil an t-ádh dearg orm."

"Ó, a Liam, tá sé ceart go leor. Ní raibh gach rud a dúirt mé ar intinn agam a rá ach an oiread," a dúirt Cáit agus áthas uirthi go raibh an argóint bheag thart. Chuir sí a lámha timpeall air agus an crann agus bhí barróg le lámh amháin mar luach saothair aici.

"Tá sé go hiontach! Cá bhfuair tú é?" D'fhéach sí ar an gcrann le bród.

"Síos an baile ó fhear leoraí. Féach chomh leathan agus atá sé. Agus féach ar chomh lán agus atá sé ag an mbarr. Tá sé beagnach foirfe."

Bhí Liam ina bhreitheamh maith ar chrainn Nollag agus bhí sé ag dul ar aghaidh ag maoímh as a raibh faighte aige.

"An ceann is fearr riamh."

"Deir tú é sin gach bliain," a dúirt Cáit agus í ag gáire. "Tar isteach. Tá an tine ar lasadh agam. Bhí sé fuar agus las mé í go moch ionas go mbeadh an áit te nuair a thiocfadh na leanaí abhaile," a dúirt sí go cosantach.

"Bhí… an ceart agat, a Cháit. Tá sé ag cur seaca go trom amuigh inniu." a d'aontaigh Liam. Bhí siad beirt an-sásta anois. D'fhéach siad ar a chéile go grámhar. Las a shúile suas.

"An iarrfaidh mé ar Rita na leanaí a choimeád uair an chloig nó dhó eile? Ansin beimid in ann an crann Nollag a mhaisiú dóibh roimh theacht abhaile dóibh."

"An-smaoineamh go deo! Samhlaigh an fhéachaint ina súile." Mhothaigh Cáit go raibh an brón a bhí uirthi cheana ag ardú. Bhí mothúchán gealgháireach ina áit. "An gceapann tú go mbeidh Rita ceart go leor leis sin?"

"Ceapaim, is féidir lena cuid leanaí fanacht anseo linn má theastaíonn uaithi dul ag siopadóireacht amárach."

"Ceart go leor," a dúirt Cáit go tapa. "Cuir glaoch uirthi agus cuirfidh mise an citeal ag fiuchadh. Beidh cupán caife againn agus cuirfimid chun oibre." Ná bí ag caint faoi dhífhostaíocht. Bhí siad chun an crann Nollag ab fhearr a bheith acu.

Bhí Rita sásta na leanaí a choimeád ar feadh cúpla uair an chloig. Ghabh Rita buíochas do Cháit nuair a dúirt sí go gcoimeádfadh sí a cuid leanaí féin an tráthnóna dár gcionn ionas go mbeadh Rita in ann siopadóireacht Domhnaigh a dhéanamh go síochánta.

Bhain Cáit agus Liam an-taitneamh go deo as an gcúpla uair an chloig a lean. Chuir siad cuma aoibhinn dhraíochtúil mhaisithe ar an gcrann de shé troigh le soilse drithlithe, maisiúcháin soilseacha agus tinseal álainn. Mhaisigh siad an tsíleáil agus d'ullmhaigh Cáit an mainséar. Chuir sí eidhneán trasna bharr agus síos taobhanna an mhainséir adhmaid. Chuir sí suas solas beag ag soilsiú ar na figiúirí. Leag sí an tuí a choimeád sí bliain i ndiaidh bliana ar urlár an mhainséir. Chroch Liam réalta sirriam suas ó sheat bhuachaillí bó a bhí aige agus é ina leanbh. Bhí sé ag soilsiú i solas na tine chomh geal le haon réalta na Beithile. Faoi dheireadh chuir Cáit na figiúirí d'Íosaf agus de Mhuire sa mhainséar. Ag a gcosa chuir sí an damh agus an t-asal. Shocraigh sí na Triúr Fear Críonna agus an t-aoire ag an doras. Ní raibh fágtha le cur isteach ach an leanbh Íosa ina luí sa mhainséar. Bheadh searmanas beag acu nuair a thiocfadh na leanaí abhaile. Chuirfeadh Róisín an Leanbh Íosa sa mhainséar; ba í Róisín an páiste ab óige.

Sheas siad amach chun taitneamh a
bhaint as an obair a bhí déanta acu.
"Tá sé go hálainn," a dúirt Liam agus
Cáit ag iarraidh píosa eidhneáin a chur
ina áit cheart.

"Tá an crann go hálainn freisin,"
agus meangadh gáire ar Cháit.
"Cinnte, an ceann is fearr riamh."

"Is ceann mór é ceart go leor" arsa
Liam go sásta.

"Níos mó ná ceann Superdad," a
dúirt Cáit faoina cuid fiacla go dána.
Bhí Liam ag gáire.

"Agus is fíorchrann é chomh maith.
Caithfidh Séamas a bheith sásta le
ceann bréige fiú más é an ceann is mó
agus is costasaí dá bhfuil ann. Ní hé an
rud céanna é ar chor ar bith, nach é?"
Bhí a shúile ag drithliú. Chuir Eoin
agus Sinéad a gcrann Nollag suas níos
mó ná seachtain ó shin. Ba iad an
chéad teaghlach ar an tsráid a chuir
suas é. Bhí fleasca móra cuilinn ag

crochadh ar an doras agus ar na fuinneoga. Bhí Séamas agus Siobhán ag pléascadh le bród.

Gach aon lá, chuir Maitiú an cheist go neirbhíseach an raibh siad chun a gcrann a chur suas i mbliana. Agus d'inis Cáit dá mac óg gur cinnte go raibh siad ag cur suas crann. Bhí sí ag tnúth anois lena mac óg a fheiceáil nuair a d'fheicfeadh sé an crann de shé throigh ar airde a bhí ina sheasamh ag drithliú ina bhfuinneog ar aghaidh an tí.

Bhí siad stiúgtha leis an ocras tar éis na hoibre go léir. Bheartaigh siad go raibh sos ag teastáil uathu. D'ordaigh siad béile Síneach. D'ith siad é agus iad ina suí os comhair na tine, ag baint taitnimh as an mbéile blasta. Chuir soilse súilíneacha an chrainn Nollag agus lasracha ómracha na tine clúdach te órga thart timpeall orthu. Bhí an bháisteach ag buaileadh in aghaidh na bhfuinneog. Bhí an ghaoth ag glamaíl síos an tsimléir. Bhí Cáit agus Liam ag caint agus ag comhrá agus ag baint taitnimh as an bpicnic a bhí acu cois na tine. Níor smaoinigh siad ar a gcuid trioblóidí ar feadh an ama luachmhair a bhí acu le chéile. Ceann de na tráthnónta ba dheise a bhí acu le fada a bhí ann.

A Ceathair

Uair an chloig níos déanaí agus soilse an chrainn múchta agus an seomra suí i ndorchadas chuala siad carr Rita ag teacht isteach. Léim na leanaí amach as an gcarr agus rith isteach mar bhí sé ag cur báistí. "Níl mé ag teacht isteach," a scread Rita ag cur a cinn amach an fhuinneog. "Feicfidh mé thú amárach timpeall a dó, le mo shlua"

"Ceart go leor a Rita, go raibh mile maith agat," a ghlaoigh Cáit ar ais agus Liam ag cabhrú leis na leanaí a gcuid cótaí agus hataí a bhaint díobh. Bhí áthas uirthi an doras a dhúnadh agus an oíche fhuar fheanntach a choimeád taobh amuigh.

"Tá iontas againn daoibh. Caithfidh sibh bhur súile a dhúnadh agus ná bígí ag gliúcaíocht," arsa Liam le rabhadh ina ghuth agus é ag treorú Rachel, Maitiú, agus Róisín chuig doras an tseomra suí.

"Cad é? Cad é? " arsa Maitiú ag preabadh ó chos go cos go mífhoighneach.

"A Mhaitiú, níl siad chun a insint duit mar ní bheadh sé ina iontas ansin," arsa Rachel ag déanamh aithrise ar a deirfiúr mór. Ach d'fhéadfadh Cáit a fheiceáil go raibh sí ag súil le rud iontach toisc go raibh a súile ag spréachadh.

"Déan deifir." Bhí méara Róisín ar a súile. D'fhéach sí tríothu. Bhí Cáit ansásta ar feadh nóiméid ag féachaint ar gheáitsíochtaí an triúir acu.

"Coimeádaigí na súile sin dúnta," a dúirt Liam agus Cáit ag tógáil lámh Róisín. Chuaigh sí i dtreo an tseomra suí dhorcha léi á lasadh ag solas na tine agus an lampa beag dearg sa mhainséar.

"Osclaígí suas!" a d'ordaigh Liam agus é ag plugáil isteach na soilse. D'fhéach sé le háthas ar Cháit ag féachaint ar na leanaí ag screadach le háthas agus iad ar bís.

"Ó a Dhaid, tá sé OLLMHÓR!" arsa Maitiú agus é ag pléascadh le bród.

"Ó, a Mham, nach bhfuil sé go hálainn ar fad?" Lig Rachel osna. Bhí Róisín ina seasamh gan focal aisti, a súile móra gorma ag éirí níos mó le gach nóiméad. Go cúramach shín sí amach lámh bheag agus leag sí í ar cheann de na maisiúcháin.

"A Dhaidí na Nollag!" a ghlaoigh sí amach ag cur láimhe ar Dhaidí beag ramhar na Nollag, a cuid súile chomh geal le soilse an Chrainn Nollag.

"Ó féach ar an mainséar, a Mhamaí, An féidir linn an leanbh Íosa a chur isteach?" a d'impigh Rachel.

"Bhí Daidí agus mé féin ag fanacht go dtí go dtiocfadh sibh abhaile ionas go bhféadfaimis fáilte a chur roimh an leanbh Íosa isteach inár dteaghlach." Rug Cáit barróg ar an iníon ba shine. Theastaigh uaithi go dtuigfeadh agus go mbeadh meas ag a cuid leanaí ar spioradáltacht na Nollag. Ba cheann de na himeachtaí teaghlaigh ba thábhachtaí é searmanas an mhainséir.

Le lándáiríreacht chuir Rachel an figiúr beag d'Íosa sa mhainséar isteach i lámha a deirfiúr ab óige. Chabhraigh sí leis an bpáiste beag é a leagan i lár an tuí idir Íosaf agus Muire.

"Fáilte, a Leanbh Íosa," a dúirt siad go léir le chéile le meas.

"Agus tá súil againn go mbeidh tú an-chompordach i do mhainséar," a dúirt Rachel agus í ag socrú síos an tuí.

Thug Róisín póg mhór don leanbh Íosa ina leaba nua.

"Cuirfidh mé geall leat go mbeidh sé compordach. Tá ár mainséar i bhfad níos deise ná an ceann atá ag Séamas Ó Ceannt agus níl solas ná tuí acu ach an oiread," a dúirt Maitiú. Thóg sé píosa tuí agus chuir sé é os comhair an dá chaoire bheag. "Ar eagla go mbeadh ocras orthu," a mhínigh sé dá thuismitheoirí a bhí ar a ndícheall ag iarraidh gan gháire a dhéanamh.

Go moch maidin Dé Luain tháinig Liam suas an staighre le cupán tae dá bhean.

"Cén sórt lae é?" a dúirt Cáit go ciúin. Bhí sí féin agus Liam ag dul ag siopadóireacht do bhréagáin na Nollag. Shocraigh siad ar chomhréiteach. Bhí siad chun €150 a fháil ar iasacht ón gcumann creidmheasa. Bhí beagán airgid acu a bhí curtha i leataobh ag Cáit don Nollaig go háirithe. Chuir sí é i dtaisce as liúntas na leanaí.

Trí spás idir na cuirtíní d'fhéadfadh sí gile áirithe a fheiceáil. Bhí gaoth an dá lá cheana ag maolú. Shuigh sí suas sa leaba agus thosaigh ag baint suiminí as an tae te milis. Tharraing Liam siar na cuirtíní agus d'fhéach sé amach.

"Ní chreidim é," a chuala sí á rá aige. "A Cháit, tar. Caithfidh tú é seo a fheiceáil!"

"Cad?" a d'fhiafraigh sí. Chuir sí a cupán ar an taisceadán cois leapa agus phreab sí as an leaba ag crith san aer fuar. Chuir sí a fallaing seomra lomra uirthi agus d'fhéach sí sa treo ina raibh a fear céile ag díriú.

Phléasc Cáit amach ag gáire. "A leithéid de phleidhce. Ní mór ná go raibh sé ina shuí ag a sé á chur sin suas. Ní raibh sé ansin aréir. Bhí air iarracht a dhéanamh a bheith níos fearr ná sinne. A leithéid d'fhear beag brónach." Bhí sí sna trithí gáire agus í ag féachaint ar chrann giúise rómhór maisithe le soilse ildathacha ina sheasamh i bpota ollmhór i lár faiche tosaigh Eoin.

A Cúig

Ar an iomlán ní raibh an Nollaig ródhona, a smaoinigh Cáit. Bhí sí beagnach críochnaithe leis an anraith baile a bhí sí le cur ar an mbord mar thosaitheoir don lón le Carmel. Rinne sí é le fuíoll an turcaí. Bheadh go leor ann don lá dár gcionn a smaoinigh sí di féin go sásta.

Ba é an lá i ndiaidh lá Fhéile Stiofáin é. Thóg Liam na leanaí go Baile Átha Cliath ar an DART chuig na pictiúir. Bheadh am ag Cáit agus a cara le chéile. Las Cáit an tine go luath. Bhí

an-chuid guail ídithe acu. Chomh luath
agus a bheadh na leanaí ar ais ar scoil
bheadh sí ag lasadh na tine gach
tráthnóna arís. Ar aon nós bhí an teach
te teolaí inniu dá cuairteoir. An rud ab
fhearr ná go raibh an tanc lán le hola a
a thug a tuismitheoirí mar bhronntanas
Nollag. Bhí an teas ar siúl aici níos
luaithe agus bhí sé rialaithe aici le tosú
níos déanaí sa tráthnóna. Bhí an teach
chomh te le tósta. Ní bheadh a fhios ag
Carmel nach raibh mórán de mhaoin
an tsaoil acu le tamall anuas.

Bhí siad sa mheánscoil le chéile.
Fuair siad poist agus a gcéad árasán le
chéile. Ansin thit Carmel i ngrá le
dochtúir. Phós siad agus chuaigh siad
chun cónaí i nDubai.

Choimeád Cáit i dteagmháil léi trí
scríobh agus an corrghlaoch agus le
blianta beaga anuas trí ríomhphost.
Thagadh Carmel abhaile go minic thar

na blianta. Rinne Cáit suntas faoi chomh dathúil agus sofaisticiúil agus a bhí a cara anois. Bhí caighdeán maireachtála iontach go deo ag Carmel thall ansin sna hEmerites. Saol lán le cóisirí agus siopadóireacht agus taisteal. Comhairleoir rathúil ba ea Peter, fear céile Charmel. Fear an-phlámásach deabhéasach ba ea é dar le Cáit.

Thóg sí an clúdach den sáspan a bhí ar suanbhruith in aice leis an anraith. Líon boladh géar an Korma an t-aer. Bhí fuíoll feola an turcaí curtha isteach ann aici agus bhí an-chuid oinniúin, rísíní, agus uachtar curtha leis. A bhuíochas le hanlann Korma sicín Uncle Ben, a smaoinigh sí agus í ag tabhairt suaitheadh dó. Rinne a máthair putóg na Nollag di. Rinne máthair a céile cáca Nollag. Mar sin bhí an mhilseog agus tae an tráthnóna as an mbealach. Bhí buidéal maith

fíona á fhuarú aici freisin. Thug duine
éigin di é i bhfad ó shin agus bhí sé
curtha ar leataobh aici d'ócáid
speisialta. Ócáid mar sin ba ea é anois.

Ba mhaith an rud é gur roghnaigh
Carmel an lá tar éis Lá Fhéile Stiofáin
chun cuairt a thabhairt mar ní raibh
mórán airgid fágtha. Bheadh orthu
déanamh lena raibh sa chuisneoir don
chuid eile den tseachtain. Mar sin féin,
bhí gliondar ar Rachel agus Maitiú lena
rothair nua. Bhí Róisín ag imirt ar a
ríomhaire ABC ó mhaidin go hoíche.
Ba mhaith an rud é an cúpla euro sin ó
liúntas na leanaí a chur ar leataobh i
rith na bliana. Chabhraigh sé go mór
chun íoc as bronntanais Dhaidí na
Nollaig.

D'ísligh Cáit an teas faoin anlann
agus chuaigh sí chun féachaint timpeall
an tí den uair dheireanach. Bhí an
folúsghlantóireacht agus an dustáil

déanta aici an mhaidin sin. Bhí boladh deas snasáin ar an teach. Bhuail smaoineamh í. Chuaigh sí suas staighre go dtí a seomra codlata agus d'oscail an vardrús. Ar an tseilf in aice lena smideadh bhí rolla trí cheathrún lán de pháipéar leithris ghlais. Thóg Cáit é isteach sa seomra folctha agus chuir sí é in áit an ghnáthrolla bháin ghairbh a bhí ansin. B'fhéidir go raibh sí craiceáilte ach ní ach ar mhaithe le cosúlachtaí a bhí sí. Choimeád sí rolla costasach do chuairteoirí. Ní raibh gá ar bith go mbeadh a fhios ag Carmel go raibh Liam dífhostaithe.

Ní raibh sí in ann a mhíniú cén fáth nár theastaigh uaithi nach mbeadh a fhios ag a cara go raibh siad sa chruth ina raibh siad. Ní bheadh a srón san aer ag Carmel chuici. Ní raibh sí cosúil leis sin dá mhéid saibhris a bhí aici. Bheadh sí an-tuisceanach, fiú. Bhí a

fhios ag Cáit nach raibh ann ach bród
seafóideach. Ní mó ná go mbeadh an
chuma ar an scéal go mbeadh
dífhostaíocht Liam cosúil le teip i
gcomparáid le rath agus saibhreas
Peter. Ba bhocht an smaoineamh é. Bhí
náire uirthi mar gheall air ach mar sin
féin....

Ach ar eagla na heagla thóg sí
amach bosca ciarsúr páipéir, a chuaigh
leis an seomra, a bhí curtha ar leataobh
aici freisin. Chuir sí iad ar an tseilf
faoin scáthán. Sásta léi féin chuaigh
Cáit sios an staighre chun fanacht lena
cuairteoir. Stop sí os comhair an
scátháin chun féachaint uirthi féin.
Fuair sí bearradh gruaige agus
séidtriomú Oíche Nollag agus bhí sé go
deas fós. Bhí an smideadh go deas
uirthi. Bhí an Shimmer nua Éigipteach
a thug a deirfiúr di an-mhaith uirthi.

Chuir an bhliain seo caite cúpla
ribíní liatha ina gruaig chatach

chnódhonn, a cheap sí. Bhí an cúpla líne timpeall a súile donna leithne níos doimhne. Mar sin féin, bhí sí sásta go leor leis an gcuma a bhí uirthi ag cur gach ruda san áireamh. Bhí an bríste bánbhuí agus an blús ómra go hálainn uirthi. Bhain cloigín an dorais preab aisti. Thug sí sracfhéachaint ar a huaireadóir. Bhí Carmel luath.

A Sé

"Nollaig Shona Duit," arsa Carmel le meangadh mór uirthi nuair a chaith Cáit an doras ar oscailt. Rug siad barróg mhór ar a chéile. Go deimhin bhí éadaí oiriúnacha ar Charmel don aimsir le cóta álainn leathair agus hata fionnaidh agus scairf.

"Tar isteach, tar isteach." Anois ó bhí Carmel anseo bhí an-áthas ar Cháit í a fheiceáil.

"Ó, a Dhia, táim préachta leis an bhfuacht!" a dúirt Carmel agus í ag dúnadh an dorais ina diaidh.

"Tá tine mhór ar lasadh agam. Tar agus suigh síos in aice léi," arsa Cáit go práinneach ag taispeáint an bealach isteach don seomra suí.

"Táim fuar ó tháinig mé abhaile," a mhínigh Carmel. Déanann an teas do chuid fola níos tanaí. Tá dhá veist theirmeacha orm." Chroch sí suas a cóta ar chrochán sa halla. Bhí cuma thuirseach uirthi, a cheap Cáit. Bhí an smideadh curtha uirthi go foirfe agus bhí a cuid gruaige buíbhán stríocha an-ghrástúil an bealach a raibh sí á caitheamh suas aici.

"Bhuel, conas atá tú, a Cháit? Agus conas atá cúrsaí? Inis dom an nuacht go léir," a dúirt Carmel agus í ag ísliú isteach sa chathaoir uilleach mhór os comhair na tine. Chuir sí a lámha amach chuig na lasracha.

"Táim togha, táimid go léir togha," a dúirt Cáit go gealgháireach. "Anois suigh síos ansin agus lig do scíth. Cén deoch a bheidh agat?"

"Tá an carr agam, a Cháit, agus mar sin ní bheidh ach gloine fíona amháin agam," a d'fhreagair Carmel. Lig Cáit osna faoisimh léi féin. Mhairfeadh an fíon maith tríd an lón. Ní bheadh uirthi an buidéal uafásach sin, a cheannaigh sí ar thairiscint speisialta, a oscailt. Níor chuimhin léi go bhfaigheadh Carmel carr ar cíos i gcónaí nuair a bhí sí sa bhaile. Chuaigh sí go dtí an chistin chun an fíon a dhoirteadh.

"Tá boladh álainn anseo," lean Carmel isteach í. "Cad a bheidh ann don lón?"

"Anraith baile, Korma le sailéad Caesar agus arán gairleoige. Agus putóg na Nollag le custard agus im bhranda," a d'fhreagair Cáit agus í ag déanamh an ghnó leis an gcorcscriú.

"An-deas, a Cháit." Thóg Carmel an claibín den sáspan agus bholaigh sí é.

"Bhí mé ag tnúth go mór le tú a fheiceáil agus teacht suas ar an nuacht agus ar an gcúlchaint go léir. Cá bhfuil Liam agus na leanaí?"

Shín Cáit gloine fíona chuici. "Thóg sé go Baile Átha Cliath iad ar an DART. Tá siad imithe go dtí na pictiúir." Thit aghaidh Charmel.

"Beidh mé in ann iad a fheiceáil, nach mbeidh mé?"

"Ó, go deimhin beidh tú," a dúirt Cáit agus í ag gáire.

"Ó, go maith. Tá cúpla bronntanas agam anseo dóibh. Tá buidéal branda agam anseo duit féin agus do Liam chomh maith."

"A Charmel, níor cheart duit," a dúirt Cáit go húdarásach. Bhí a cara an-mhaith le rudaí mar sin. Bhí a fhios ag Cáit nach dtiocfadh Carmel le lámh amháin chomh fada leis an lámh eile. Bhí cóip den úrscéal ba mhó tóir le Cathy Kelly i mbeartán ag Cáit di.

Thug a haintín Ella do Cháit é. Bhí an-
dúil aici féin é a léamh ach bhí a fhios
aici go mbainfeadh Carmel taitneamh
as mar bhí Carmel an-tugtha don
léamh. Agus bronntanas maith ba ea é
le tabhairt dá seanchara. Thug sí di
freisin dhá choinnle eabhair i mbosca a
bhí coinnithe aici ó anuraidh.

"Is dócha nach n-aithneoidh tú na
páistí."

Bhí Carmel ag baint súiminí as an
bfíon agus thosaigh sí ag ligean a scíthe.

"Ní raibh Róisín ag siúl an t-am
deireanach a bhí mé sa bhaile."

"Tá sí togha ag siúl anois agus in
ann gach sórt cleasaíochta a
dhéanamh."

Thóg Cáit bolgam dá fíon. Ní raibh
aon leanaí ag Cáit ach bhí an-suim aici
i Rachel, Maitiú, agus Róisín. Thug sí
bronntanais léi dóibh i gcónaí nuair a
bhí sí ag teacht abhaile ó Dhubaí.

"An gcuirfidh mé an lón ar an mbord anois?" a d'fhiafraigh Cáit dá cara nuair a bhí siad tar éis a bheith ag caint ar feadh tamaill.

"Cinnte?" a d'aontaigh Carmel.

"Téigh isteach sa seomra bia agus suigh síos agus tabharfaidh mise isteach an t-anraith," a dúirt Cáit. Bhí an bord bia leagtha lena sceanra agus criostal ab fhearr agus an t-éadach boird agus naipcíní ab fhearr. Agus bhí píosa-láir álainn ar an mbord; eidhneán agus cuileann thart timpeall ar liathróidí órga agus airgid agus péire coinnle dearga. Las Cáit na coinnle agus dhoirt sí amach an t-anraith agus shuigh an bheirt acu síos chun leanúint ar aghaidh lena gcomhrá.

Cé gur dhúirt Carmel go raibh ocras uirthi níor ith sí mórán. Bhí imní ar Cháit nár thaitin an Korma léi, b'fhéidir. D'ith a cara cosúil le capall i gcónaí agus níor chuir sí suas unsa meáchain. Ní bheadh ar Cháit ach féachaint ar chácaí uachtair agus chuirfeadh sí suas meáchan.

"An raibh sé ceart go leor? B'fhéidir go raibh sé beagán spíosraithe?" a d'fhiafraigh sí.

"Ní raibh, ar chor ar bith! Bhí sé togha, dáiríre!" a dúirt Carmel. "Níl ann ach nach raibh mé chomh hocrach agus a cheap mé."

D'ól siad an caife cois na tine. Agus Cáit ag éisteacht le scéalta faoin saol galánta sna hEmirates ní fhéadfadh sí a insint do Charmel go raibh Liam dífhostaithe. Tháinig sé féin agus na leanaí abhaile tar éis tamaill. Bhí siad lán le caint faoina dturas ar an DART agus an chuairt go dtí an phictiúrlann.

"Ta sé go deas teolaí istigh anseo," a dúirt Maitiú agus áthas air. Ghuigh Cáit nach ndéarfadh a mac aon rud

eile. Níor theastaigh uaithi go mbeadh
a fhios ag a cara saibhir nach raibh an
teach i gcónaí chomh te seo.

Nuair a thóg Carmel amach na
bronntanais bhí siad go léir ar bís. Bhí sé
cosúil le Lá Nollag arís eile. Bhí Carmel
i scamall a naoi agus iad i gcomórtas
lena chéile chun barróga agus póga a
thabhairt di. Tar éis tamaill thóg Liam
an triúr acu amach go dtí an chistin
chun anraith te turcaí a thabhairt dóibh.

"Ba mhaith liom go mbeadh an
Nollaig ann gach lá den tseachtain
ionas go mbeadh an bia blasta seo
againn i gcónaí," arsa Rachel

Ba bheag nár thit Cáit i laige. Bhí a
haghaidh dearg gan dabht agus í ag
fanacht go ndéarfadh a leanbh go raibh
sí tuirseach de mhionfheoil agus méara
éisc agus rís. Ach níor dhúirt Rachel
dada eile agus chuaigh sí ag scipeáil i
ndiaidh a deirféar agus a dearthár.

"Bíonn turcaí agus liamhás an-ghalánta nuair is leanbh tú, nach mbíonn?" arsa Carmel go neamh-urchóideach, beag beann ar imní Cháit.

"Mmm," a d'aontaigh Cáit gan aire. Ní bheadh a fhios ach ag Dia amháin cad eile a déarfadh na leanaí. Ba cheart go mbeadh sí macánta le Carmel ón tús agus a insint di faoi Liam a bheith dífhostaithe. Ní raibh aon náire ann. D'fhéadfadh sé tarlú d'aon duine. Ach bheadh sé beagán ait dá scaoilfeadh sí é amach anois. Go háirithe nuair a thug sí le fios do Charmel go raibh gach rud mar ba ghnáth lena teaghlach. Ní bheadh sí ar a suaimhneas don chuid eile den tráthnóna. Caithfidh sí Liam a fháil ina aonar ar feadh tamaill chun a insint dó gan aon rud a rá faoi bheith dífhostaithe. D'inseodh sí dó go míneodh sí an scéal dó níos déanaí. Is dócha go mbeadh fearg air léi. B'fhéidir go gceapfadh sé go raibh náire uirthi faoi. Smaoinigh sí agus míshonas uirthi go raibh sí ag déanamh gach ruda ar mhaithe le clú agus ba dhócha go ndéanfadh sí praiseach ceart de.

"Tá siad go hálainn ar fad, a Cháit. Tá an t-ádh dearg ort," a dúirt Carmel go tnúthánach gan aon rud ar eolas aici faoi chruachás a carad.

"Tá a fhios agam," a d'aontaigh Cáit. D'fhill sí suas an páipéar costasach go cúramach. Bheadh sé áisiúil don bhliain seo chugainn.

"A Mhamaí, rinne mé wee-wee go hiomlán ar m'aonar." Bhí Róisín ag an doras agus a gúna suas ina brístíní.

"Go hiontach! cailín maith tú." a dúirt a máthair go cneasta. "Tar anseo go gcuirfidh mé isteach do veist." D'fháisc Róisín isteach léi agus chuir Cáit a cuid éadaí i gceart.

"Tá rolla leithris bog álainn sa seomra folctha. Tá sé go deas bog ar mo thóin," a dúirt Róisín ag stánadh ar Charmel.

Dia dár sábháil! a smaoinigh Cáit le náire. An chéad rud eile a bheidh á rá aici ná gur daoine bochta sinn nó rud éigin. Bhí Cáit trína chéile. Dúirt sí lena hiníon dul amach go dtí an chistin chun a cuid anraith a chríochnú. Chuir Róisín a lámha timpeall ar a muineál.

"Mo ghrá thú, a Mhamaí. An chéad uair eile an dtiocfaidh tusa go dtí na pictiúir?"

"Cinnte, rachaidh mé, a ghrá." Rug Cáit barróg ar an gcailín beag sula ndeachaigh sí amach go dtí an chistin.

"Tá sí chomh hálainn sin," arsa Carmel. Bhí brón mór le brath ina guth. Thug Cáit faoi deara. Bhí uafás ar Cháit deora a fheiceáil i súile Charmel.

A Seacht

"Cad atá cearr, a Charmel?" Rinne Cáit deifir chun an doras a dhúnadh sular rith sí chuici. "Cad é? Inis dom cad atá cearr." Chuir sí a lámh timpeall a carad.

"Mise agus Peter, táimid críochnaithe. Tá sé mór le mo chara is fearr Elaine, amuigh i nDubai. Agus anois tá colscaradh ag teastáil uaidh. An gcreidfeá é?" a dúirt Carmel agus í ag gol go géar goirt. "Tá siad ag cur dallamullóg orm le blianta. Bhí sé ar siúl i rith ár bpósta ar fad. Bhíodh sí i

gcónaí chomh plámásach sin. An
striapach bhréagach"

"Tá sé sin go huafásach!" Ní
fhéadfadh Cáit é a chreidiúint. Cheap
sí gurbh é Peter an fear céile ab fhearr
i gcónaí. Ba dheacair samhlú bheith sa
leaba le fear céile do charad is fearr! Ní
fhéadfadh sé bheith níos measa. Chun
na fírinne a rá smaoinigh Cáit nár
chara í Elaine. Ní dhéanfadh aon
fhíorchara é sin, ba chuma cé chomh
láidir agus a bheadh an tarraingt.

"Níor theastaigh uaim é a insint
duit. Bhí náire rómhór orm," arsa
Carmel ag iarraidh na deora a stopadh.
"Níl a fhios agam cén fáth a mbeadh
náire orm. Ní dhearna mé aon rud
náireach. Is é...Ó tá a fhios agam cad
atá i gceist agam, a Cháit? Ansin nuair
a chonaic mé go raibh tú chomh sona
sásta le Liam agus leis na páistí áille
sin, bhraith mé nach mbeinn in ann é a

insint duit. An féidir leat é sin a thuiscint?" ar sise agus snag uirthi.

"Tuigim, go díreach," arsa Cait go mall. "Chun na fírinne a rá táim ag ceilt rud éigin ort freisin." D'fhéach an bheirt acu ar a chéile.

"Tá Liam as obair le breis agus ocht mí dhéag anuas agus táimid ag streachailt leis an saol. Cosúil leatsa ní raibh mé in ann é a rá amach. Tá brón orm. Ní raibh ann ach bród seafóideach."

"Níl aon chiall againn!" arsa Carmel. "Ach tá sé sin go huafásach duit féin agus do Liam. Ar a laghad tá an bheirt agaibh chomh tógtha lena chéile agus a bhí riamh. Is féidir é sin a fheiceáil go soiléir. Bhí mé chomh trína chéile nuair a chuala mé faoin..... striapach sin. Ní haon ionadh nach raibh páistí ag teastáil uaidh. Gach uair a dúirt mé gur mhaith liom leanbh a

bheith agam dúirt sé fanacht bliain eile.
Níor theastaigh uaidh leanbh a bheith
ag cur isteach ar a stíl maireachtála
compordaigh. Ba leor bean chéile agus
leannáin dó. Tá mná eile seachas
Elaine, tá 'fhios agat. Bhíodh sé ag
méiseáil timpeall i gcónaí de réir
cosúlachta. Chuaigh mé chun an
tseiceáil SEIF a fháil tar éis dó an méid
suarach sin a insint dom agus nuair a
fuair mé amach an scéal go léir.
Dealraíonn sé nach mbeidh leanbh de
mo chuid féin agam choíche anois."
Bhí a guth ag crith anois agus phléasc
sí amach ag caoineadh arís.

"Beidh, cinnte. Buailfidh tú le duine
éigin eile. Tá tú óg fós," a dúirt Cáit ag
tabhairt sóláis di cé gur baineadh preab
mór aisti leis an méid a bhí cloiste aici.
Ní raibh a saol féin go hiontach. Ach
bhí sé i bhfad níos fearr ná mar a bhí ag
Carmel. Ní haon ionadh go raibh sí ar
bior um thráthnóna.

"Níor inis mé don teaghlach fós. Beidh Mam trína chéile nuair a chloisfidh sí go mbeidh mé ag fáil colscartha. Cad a déarfaidh na comharsana?"

"Ná bí ag smaoineamh ar na diabhail comharsana," a d'fhreagair Cáit.

"Is mór an faoiseamh é a insint do dhuine éigin, a Cháit," a d'admhaigh Carmel. Ag glanadh a súl le cúl a láimhe "Bhí sé an–deacair a bheith sa bhaile agus gach duine ag ceapadh go raibh gach rud normálta."

"Cinnte bhí sé deacair, a Charmel. Ach caithfidh tú é a insint dóibh. Ní féidir leat bheith ag dul timpeall gan focal a rá. Rachadh tú as do mheabhair. Agus tá aithne agam ar do theaghlach. Beidh siad lán le tacaíocht duit. Is iontach chomh cneasta agus a bhíonn daoine nuair a chuirtear ar an eolas iad. Tá 'fhios agamsa."

"Ó, a Cháit, cén sórt óinsí atá

ionainn ag iarraidh a bheith misniúil.
Murar féidir linn ár bhfadhbanna a
insint dá chéile cad is féidir linn a
dhéanamh." arsa Carmel.

"Go díreach!" a d'aontaigh Cáit.
"Anois féach, cén fáth nach dtéann tú
abhaile agus insint dóibh go bhfuil tú
ag fanacht anseo anocht? Osclóimid an
branda a thug tusa agus beidh babhta
comhrá maith againn faoi gach rud."

"Bheadh sin go hálainn, a Cháit," a
dúirt Carmel agus í ag osnaíl. Bhí sí ag
brath níos fearr cheana féin.

"Cuirfidh mé an teas ar siúl sa
seomra codlata breise anois díreach
agus gheobhaidh mé cúpla tuaille agus
gúna oíche glan duit."

"Anois ná bí ag cur dua ort féin," a
dúirt Carmeal.

"Ní haon dua ar chor ar bith é, a
chara dhílis, a dúirt Cáit go cinnte.

Chuir sí an teas ar siúl sa seomra
agus chuir sí gúna oíche glan le

muinchillí fada ar leaba Charmel. Choimeádfadh sin í te compordach, a smaoinigh sí. Chuirfeadh sí an blaincéad leictreach ar siúl níos déanaí. Ba chuma faoin mbille leictreachais an babhta seo. Bhí Carmel i ndroch-chaoi agus ba leor sin seachas a bheith ag caitheamh na hoíche ag crith leis an bhfuacht sa leaba.

Sheas Cáit ag fuinneog an tseomra codlata agus thosaigh sí ag stánadh amach san oíche. Bhí píosa den ghealach nua faoi cheilt taobh thiar de scamall éadrom. Bhí draíocht i soilse na gcrann Nollag a bhí ag lonrú sna fuinneoga. Bhí crann giúise Eoin ina sheasamh go bródúil ina ghairdín ar aghaidh an tí. Lasta suas agus le feiceáil ag gach uile dhuine. Cheannaigh Eoin SUV athláimhe don Nollaig. Chaith sé a lán ama ina shuí air ag déanamh glaonna ar an bhfón póca. Bhí Cáit ag déanamh miongháire. Bhí sé páistiúil, amach is amach dáiríre. B'fhéidir go raibh cúis éigin lena iompar leanbaí. B'fhéidir go raibh laethanta a leanbaíochta an-easnamhach. Conas a bheadh a fhios ag duine? Ní bheadh a fhios ag duine cad é a bheadh ar siúl in aigne an duine. Féach ar Charmel bhocht. Cé a chreidfeadh é? Is cuma cad a tharla bhí an t-ádh le Liam agus léi féin. Bhí siad le chéile agus bhí na páistí acu. Tharraing sí na cuirtíní agus chuir sí cóir orthu, chas sí as an solas agus chuaigh síos staighre.

Bhí Róisín ina suí ar ghlúin Charmel. Bhí Carmel ag léamh An Cailín Beag Gnóthach di.

Bhí cluas le héisteacht ar Róisín.

"An bhfuil 'fhios agat, a Cháit, tá an-smaoineamh tar éis bualadh liom. Tá tusa agus Liam agus mé féin chun dreas comhrá maith a bheith againn nuair a bheidh na leanaí ina gcodladh."

arsa Carmel agus a súile ag lonrú ina ceann.

"Cad atá i do cheann?" Bhí aithne maith ag Cáit ar a cara.

"Foighne, a ghrá," a dúirt Carmel go réidh agus lean sí ar aghaidh leis an scéalaíocht.

A hOcht

"A Liam, ar mhaith leat dul isteach i ngnó liomsa?" a d'fhiafraigh Carmel níos déanaí an tráthnóna sin agus iad ag baint súimíní as an mbranda a thug sí léi. "Táim chun troscán seandachta a iompórtáil ón Domhan Thoir. Is féidir na píosaí is iontaí a fháil ansin. Chomh maith le rugaí agus mataí. Tá na céadta teagmhálacha agam thar na blianta ó bhí mé thall ansin. Táim ag smaoineamh air ó chuala mé faoi Peter agus Elaine. Breathnaíonn daoine le haoibhneas ar na píosaí atá anseo agam i mBaile Átha Cliath. Ceapaim gur féidir liom é a dhéanamh le margaíocht mhaith. An mbeadh suim agat teacht ar bord?"

"Tá cuma mhaith air," arsa Liam go cúramach. "Ach bheadh ar a laghad bunáit ag teastáil uait anseo. Tá praghasanna sealúchais chomh hard sin anois."

Bhí aoibh leathan an gháire ar Charmel. "Bhí Peter, mo thaisce d'fhear céile suarach, lán le tuairimí cliste faoi conas ba cheart cáin a sheachaint. Cheannaigh sé ceann de na tithe sin in aice le Faiche Stiofáin na blianta ó shin nuair a bhí an margadh go dona. Chuir sé é i m'ainm. Níl sé á fháil ar ais! De réir dlí is liomsa é. Tá na doiciméid go léir i m'ainm. Téann an cíos ar fad uaidh isteach i gcuntas i m'ainm féin. Tá infheistithe agam i mbannaí Oifig an Phoist. Saor ó cháin!" Bhí béal Charmel teann anois.

"Níl sé á fháil ar ais. Tá an bhean mhícheart roghnaithe aige chun feall a dhéanamh uirthi. An rud a théann timpeall tagann sé timpeall arís freisin. Má dhéanann sé aon rud faoi táim chun scaoileadh air do na cigirí cánach. Tá cuntais aige timpeall na háite ar fad. Scanróidh sé sin ina bheatha é. Mar sin ní cheapaim go mbeidh sé ag argóint. Tá an iomarca le cailliúint aige."

"Táim chun an t-urlár ag barr an tí a úsáid le haghaidh oifigí. Déanfaidh mé seomraí taispeána den chuid eile den teach. Táim chun fortún a dhéanamh agus is féidir leis a rogha rud a dhéanamh. Is cuma liomsa. Is é an rath an díoltas is fearr. An bhfuil tú toilteanach?"

"Cén fáth nach mbeinn?" Bhí Liam beagán ar bís. B'fhéidir go n-oibreodh sé seo.

D'fhéach Carmel thall ar Cháit.

"Beidh rúnaí ag teastáil uainn. Bheadh sé cosúil leis na seanlaethanta."

Bhí Cáit ag gáire. "Tá cuma mhaith ar an scéal. Is féidir liom clóscríobh a dhéanamh fós…is ar éigean."

"Mise freisin." Shuigh Liam suas go díreach. "Tosaímis ag obair ar phlean gnó garbh."

"Fan nóiméad, déanfaidh mise pota caife chun an mheisce a bhaint dínn," a dúirt Cáit agus í sna trithí gáire. "Ceapaim go bhfuilim ag brionglóideach."

"Níl tú, a Cháit. Anocht an oíche chun muid go léir a chur ar bhealach ár leasa arís," agus Carmel go docht. "Taispeánfaidh mé don duine suarach sin cad is féidir liom a dhéanamh."

B'fhéidir go raibh an ceart ag a cara, a bheartaigh Cáit níos déanaí agus í ina luí ina leaba. Bhí a ceann ag pléascadh le smaointe. In aice léi bhí Liam ag srannadh go suaimhneach. Agus ba

dheacair a chreidiúint go raibh imeagla
uirthi faoina cara a bheith ag teacht ar
cuairt. Agus bhí imeagla ar Charmel
faoi insint di faoin bpósadh a bheith ag
briseadh suas. Mura ndeachaigh siad i
muinín a chéile b'fhéidir nach mbeadh
an seans ann dóibh chun tosú arís.
B'fhéidir go mbeadh an bhliain ab
fhearr rompu amach. Bheadh sí féin
agus Liam ag obair arís. Bean an-
fhuinniúil bheomhar ba ea Carmel.
Agus bhí sí tiománta. Dhéanfadh sí a
seacht ndícheall leis an ngnó seo ba
chuma cad a tharlódh. Ní bheadh a
fear céile in ann aon rud a dhéanamh
ach seasamh sa taobhlíne ag féachaint.
Bhí aithne maith ag Cáit ar a cara.
Bheadh aiféala ar Peter an lá a rinne sé
feall uirthi.

Chas Cáit timpeall agus chuir sí a
lámh timpeall Liam. Bhí pósadh an-
mhaith acu. Bhí grá mór aici dó. Bhí an

sólás sin acu. D'fhéadfadh go mbeadh éadaí galánta agus seodra agus an-saibhreas ag Carmel ach bhí a croí ag briseadh ina lár.

Bhí a fhios ag Cáit go raibh an t-ádh uirthi. Ar a laghad dá mbeadh rath ar an ngnó bheadh rud éigin ag Carmel chun í a choimeád gnóthach fad agus a bhí sí ag teacht i dtaithí ar fhealltacht a fhir chéile. Agus bheadh sé go maith. Bhí Cáit ag féachaint ar an taobh geal den scéal anois. Bhí solas le brath ag deireadh an tolláin agus bhí sí lán le dóchas.